王将の前で待ってて

川上弘美

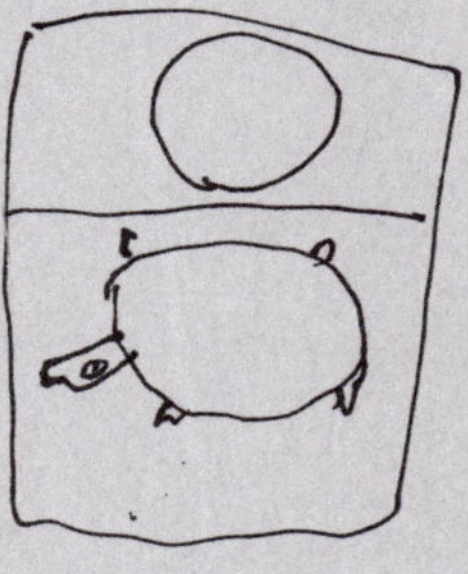

集英社

目次

王将の前で待つてて

２０１０年

なうみそはかすかに紅《あか》しふくろふ啼《な》く

人《じん》日《じつ》や油《ゆ》缶《かん》のへこみ戻る音

うつむいてへそ見る女春の月

テレビ二台ちがふ番組スナック夏

人形は裸で捨てよ草紅葉《くさもみぢ》

フォボスダイモスしたがへ火星凍《い》ててをり

うがひして耳搔《か》きバレンタインだつた

不機嫌に人ほめちぎるさくらかな

かたぶきてまはる地球や水の春

変《へん》心《しん》やしらすにまじる大しらす

帰省子《きせいし》のシャツうしろまへ機嫌よく

婆《ばば》と婆にして母娘《ははこ》や沙羅《しやら》の花

コンビニの光は永遠《とは》や原《げん》爆《ばく》忌《き》

花あふひなじみになると店変へる

秋ノ平《へい》均《きん》太《たい》陽《やう》日《じつ》ヲ何モセズ

鼬《いたち》一族主賓も鼬はなやげる

2011年

求ム雪女郎初心可細面年不問

水《みづ》芸《げい》のたばしる水もぬるむかな

地震《なゐ》ありてボールの蜆鎮《しづ》もれる
春の夜のしづかに降れる放射線

ニューヨーク三句

マンハッタン春の夕焼《ゆや》けにぬれてをり

足にふむ夜《よ》濯《すす》ぎホテル三泊め

世界の終り訴へる人春の夕

炎《えん》昼《ちう》の横断歩道わたる犬

かつて野原今また野原夕《ゆふ》凪《なぎ》て
闘魚しづか昼のスナックカウンター

トタン屋根錆《さ》びぬトタンの波形に
鶲《ひは》騒ぐ日なり卓布に小《ち》さき染《し》み

歌舞伎揚げ小袋食うて秋《しゅう》思《し》なる
出《だ》汁《し》吸うて揚玉ふとる夜《よ》寒《さむ》かな

まんぢゅう屋本家と元祖並び秋

ゆふぐれてちちははと行く花《はな》野《の》かな

熊出《い》でし話三人《みたり》の仲居から

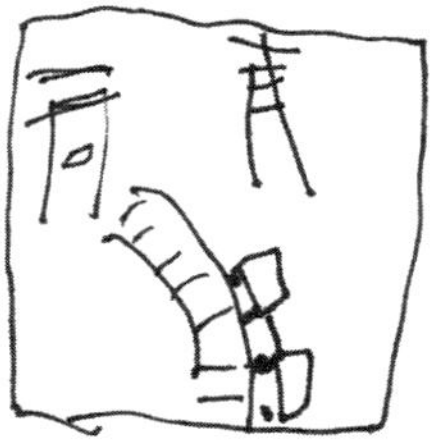

2012年

引込線ゆけば花《はな》野《の》に終はりけり
うすばかげろふ来てゆふがたのはじまりぬ

腰弱きうどんを支持す芋《いも》嵐《あらし》

だんご虫圧《お》して丸める小春かな

水槽の魚みな透ける寒《かん》九《く》かな

春雷に頭の鉢のひらくなり

性欲満ちきれず菜飯食うてをる

春の夜《よ》の鳩出《い》で終へし帽子かな

かつて有名なりしあしかや握手さる

系統樹のはてに我《われ》ありあり春のくれ

サイダーや雨やむまへの鳥のこゑ

炎昼の舌太く怒《いか》れる男

見てをりぬ夏氷《なつごほり》すきとほりゆくを

豆鯵《まめあぢ》一笊《ひとざる》眼《まなこ》のすべて我に向く

かなぶんのとまりどころを決められず
行きよりも帰りが遠し草苺

水すべて容器の形《なり》や神の旅

2013年

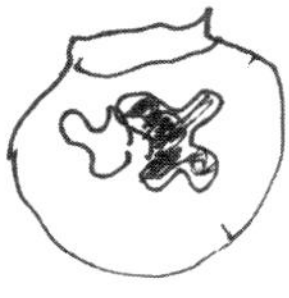

月いつか地球を離る冬すみれ

静止衛星あまた浮かびて冬ぬくし

雪《ゆき》催《もよひ》さつきまで私だつた毛

大箱の中の小箱や鳥《とり》曇《ぐもり》

息吐いて吸ってまた吐く日《ひ》永《なが》かな

公金横領出《い》でし銀行夏に入《い》る

白靴のをとこと歩く銀座かな

唇《くち》よりも唇やはらかし草いきれ

ひとふさのバナナの中の老と若

花野ゆく身もたましひも口あけて

たうがらし死んだともだちに会ひたい

爽《さは》やかに車椅子駆《か》る女かな

祖母死去　一〇三歳

秋《しう》蟬《せん》や死装束を小箱より

骨壺に骨すり切りや秋《あき》日《び》和《より》

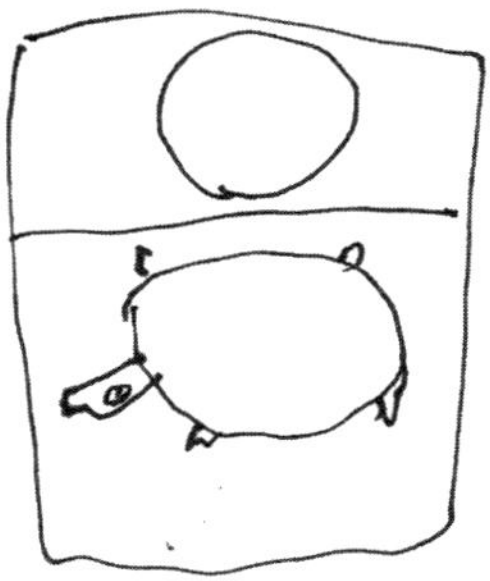

2014年

球体人形可動範囲無限や海氷る

生き死にの話ぽつぽつどてら着て

人の歯のもろし寒鯉うきしづみ

春の闇ここは海抜二メートル

メロン切るときをんなの目酷《こく》薄《はく》に
かきいだしたる鯵の腸《わた》海に捨つ

黄しめぢを小袋わけにくれたるよ
秋高し見知らぬ人とけんくわする

2015年

沖遠く鯨を呼びて鯨鳴く

交《つる》む前ザトウクヂラはみつめあふ

こがらしを来て透明なわれとなる

亀の頭《づ》に乗れる亀の頭冬ぬくし

春風や仔豚と仔豚いがみあふ

まんぢゆうの薄皮春の風邪ごこち

目閉づれば口開くなり春の潮

背泳ぎの鼻のみ浮きて進める子

羽蟻群れ端より守宮《やもり》食ひすすむ

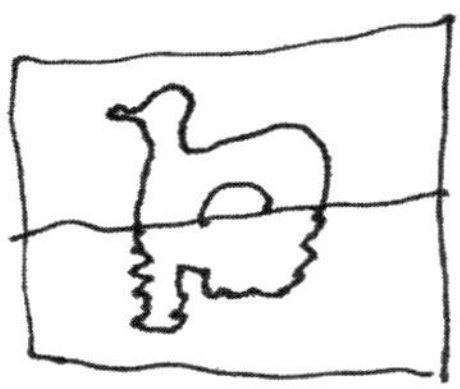

2016年

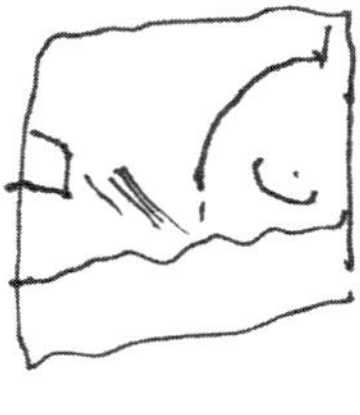

父連れて彼岸の町に昼酒す

春苦しければ北へと帰らうか

海へ向く護国神社や花《はな》曇《ぐもり》
アマリリスしあはせになつても負けた

永遠は青蛙にでもくれてやらう
くちなはに食はれ溶けきるところなり

灼《や》けてをりさいはての海《かい》浜《ひん》ホテル

冷麦の青を愛して赤を憎む

裸子《はだかご》の這ひ這ひ速し泣きながら

洗濯機ふるへてとまる薄暑《はくしょ》かな

ラムネ痛しけふも朝より何もなし

白玉のくぼみや明日《あす》は金借りな

虫売りの出《い》でて銀座の夜《よ》なりけり

泉鏡花賞受賞一句

晩秋ジントニックおいしいです

紅玉の肌の黒《こく》斑《はん》ごと齧《かじ》る

２０１７年

大根が一本道に落ちてゐる

赤子小《ち》さし並べある大根より

隆鼻術チラシに霰《あられ》たばしりぬ

ヒトやがて示準化石や冬銀河

抗生物質耐性菌も春めける

のどぼとけたどれる指や春の闇

おとうとの中に父をる南風《みなみ》かな

夏星や失せしものみな海底に

炎昼の女怒りて発光す

金亀子《こがねむし》はふれば飛びぬ音低く

うすものを着て人台《じんだい》の玲瓏《れいろう》と

浅草や鉄《てつ》火《か》場《ば》に飼ひ熱帯魚

早口に言ひ訳浴衣はおりつつ
つむじ見せ鰻丼食ふや会社員

ラッカ陥落目前茶色く縒《よ》れて桃の皮

腿《もも》に貼り背番号札天高し

日曜の昼酒とんぼ浮く原に

コンビニの元は畳屋秋時雨

生海鼠《いきなまこ》しごけば清き水吐けり

2018年

寒梅や奥より埋まる二《に》間《けん》店《だな》

なぐさみに骨鳴らしをり漱石忌

蓋《ふた》かぶせ黙らせせる鍋春浅し

春しぐれ釈迦も芭蕉も腹くだし

ほたるいか明《めい》滅《めつ》夢を見ぬをとこ

掌《て》の中の枇杷潰《つぶ》すなりはればれと

豌《ゑん》豆《どう》をうす甘く煮てさびしかり

稲妻にすつぽんの頸《くび》のびゆける

テナント募集看板飛ぶや台《たい》風《ふう》裡《り》

蟷《たう》螂《らう》のよく太りゐて潰れをる

鉄道弘済会売店《キヨスク》にネクタイ買ふやそぞろ寒《さむ》

ロシア製数独本や星冴《さ》ゆる

数独のマスに消しあと小雪ふる

こたつ寝に数独解くや仕事せな

圧縮袋出《い》でし布団のほとびやう

中腰に請求書読む寒さかな

たましひも五臓六腑も春を待つ

2019年

花冷《はなびえ》や小声で告げるさやうなら
ポケットに電話ふるへる朧《おぼろ》かな

生命維持装置低く唸《うな》れる花の夜

別れ来てラーメン食ふや暮の春

地鎮祭のキウイくるるや夏初め

地鎮祭の昆布《こぶ》もくるるや捨つるごと

日めくりのめくられずあり梅雨《つゆ》晴《はれ》間《ま》

黒《くろ》南《は》風《え》や男の指に指輪跡

夕蛾とぶ百円棚に金枝篇《きんしへん》

台風一過池の面《も》を蛇すべりゆく

裏がへり表がへりて蛇泳ぐ

肌《はだ》寒《さむ》やしやぶりて魚の大目玉

車輛中すべて他人や秋深む

太刀魚を三つだたたみに包みけり

スマホ買ひ即罅《ひび》入れる夜《よ》寒《さむ》かな

2020年

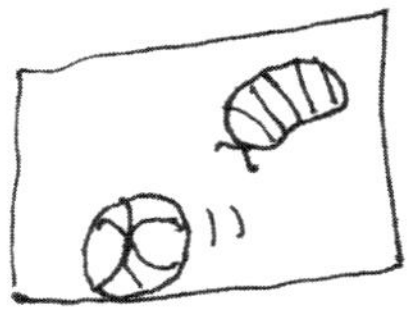

棒暗記せし詫《わ》び文句着ぶくれて

終電にゲーム音ある霜《しも》夜《よ》かな

椅子に椅子重ねて運ぶ遅日《ちじつ》かな

貧血の視界金銀涅槃西風《ねはんにし》

頭《づ》の失《う》せて鶏《とり》走るなり春《はる》日《ひ》中《なか》

鶏つつきし小《ち》さき穴なり春の庭

若がへりたくなし桜降りつづく

貝寄風《かひよせ》や池には池の気分あり

理《り》性《しやう》寺《じ》も本能寺にも夏来《きた》る

競走馬種馬となる卯《う》波《なみ》かな

油蟬踏んでしまひぬ飛びゆける
東京都よりライン着信今朝の秋

為政者の犬歯皓《かう》皓《かう》秋の雲

実物大ガンダム置かれ秋の浜

２０２１年

霜夜なれば一人神経衰弱す

寒波来る石工の爪に石の粉

着ぶくれて近所の鳩を蹴ちらせる

囀《さへづ》れる常世《とこよ》の条理説くごとく

春の宵クローンなのにほくろがない

春暁のチキチと鳴れる首の骨

靴の紐結ぶ落花に尻おいて
剝《む》かぬままの辣《らっ》韮《きょう》しづかもういくね

薔薇談義より始まれる政治評

ゴミ袋に透けたり赤き薔薇の束

夏の雨とほりぬければ知らぬ町

為替レート点滅線状降水帯通過

箱どけて埃箱《はこ》形《なり》西日中

秋の日の神無き我の薄き耳

花《はな》木槿《むくげ》半目の写真消さず置く

２０２２年

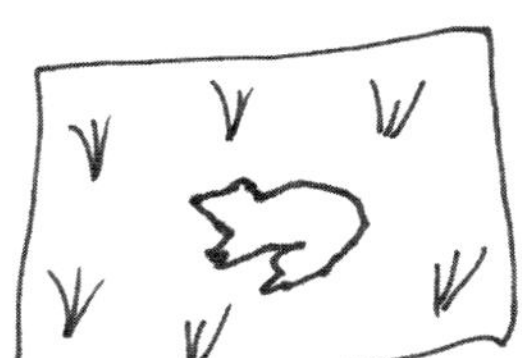

洗濯ばさみはさみ疲れややそぞろ寒《さむ》

たはしの毛すこし寝てをり冬初め

父の髪刈るや冬日の畳の上へ

湯に潤《ほと》ばせ父の爪切る小春かな

曳船に鮟《あん》鱇《かう》の肝計り売り

皆少し違ふマスクや日《ひ》脚《あし》伸《の》ぶ

軍用機の音聞く寒夜尿《ゆま》りつつ

春昼や土鈴の中に土の塊《くれ》

春昼や剝製の眼の澄み濁り

春昼や鳩の出《い》でざる鳩時計

侵攻す河津桜咲き満ちし日に
侵攻進む目刺の反《そ》りに滲《にじ》む青

電力量逼迫警報鳥《とり》雲《くも》に

蕗青く煮あげてあの人は苦手

折紙の奴の尖《とが》り夏来《きた》る

二度数へ紙幣渡すや傘《さん》雨《う》の忌《き》

卯《う》の花腐《くた》し画鋲の穴に画鋲さす

耳《じ》朶《だ》にほくろ雨季の水はよく匂ふ

短《みじか》夜《よ》や抜けし乳歯に虫歯跡

原《げん》爆《ばく》忌《き》われらに細胞壁の無き

紡錘形にレモンもイルカも秋深む

紅葉《もみぢ》且《か》つ散る覆面パトカーの上《へ》に

王将の前で待っててななかまど

霜月の値引きされてる仔犬の眼

夫婦解散とラインに知らせ年の暮

2023年

淋しくて寒い日は耳鳴りを聴く
我が骨と汝《な》が骨並び歩く冬

義手の爪にフレンチネイル百千鳥《ももちどり》

春の暮ミイラの写真見せてもらふ

道なりに歩かぬ犬や春の雲

白鳥ボート後ろ漕ぎなる落花かな

すりガラス濡らし透かせる日永かな

どの市にも姉妹都市ある日永かな

デンマーク三句

航路南へ南へロシア避け

青豌豆生《なま》で食《た》ぶとぞやはらかし

異国のセブンイレブンにソーセージ買ふ夏の夜

茄子漬を絞れば茄子紺したたりぬ

炎昼やＡＩになぐさめらるる
レンジの中の小爆発も夏の果

種の中に種の元ある良夜かな

秋暑し校了明けの編集部

小春日の殺人終へし殺人鬼

はちみつの中のざらざら冬ぬくし

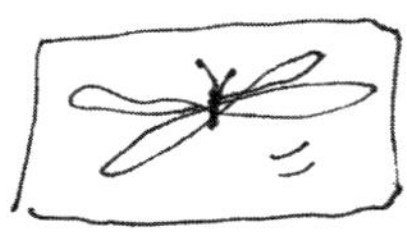

自選一年一句

1994年の一句

はっきりしない人ね茄子《なす》投げるわよ

俳句を作り始めたころ、五七五の量がわからなくて、足し算を初めて習った子供と同じように、いつも指を折って十七文字を数えていた。そのうちに、「五文字、七文字、五文字と分けるのではなく、全部足して十七文字になるような、全体がつながっている句にしてみるのはどうだ！」と思いつき、作った句。とはいえ、途中に「ね」という弱い切れがあるのが、やはり俳句っぽさにひっぱられているか。

1995年の一句

C難度宙返りせる春のたましひ

作り始めのころの句は、どんな気持ちで作っていたかを、たいがいはっきり覚えている。小説を書いてはいたが、なかなか注文が来なくて、小説より俳句に熱心だったこの当時の句は、ことにである。九五年はたしか、体操の世界選手権が初めて日本で開催された年だった。どうにか「○難度宙返り」という言葉を使いたくて作った記憶がある。もっと難度の高い技を選手たちはおこなっていたが、「たましひ」には、それほど難度の高くない技が似合う。

1996年の一句

あなたきらひですひよ鳴いてをります

仲間うちの句会だけではなく、結社などの句会にも外部参加させてもらい始めたころの句。結社の指導者から「俳句では嫌う気持ちは詠わないほうがいい」という教えを聞き、すぐに天邪鬼な気持ちになり、「それなら『嫌い』で作ってやる〜」と、張り切った。

1997年の二句

大《だい》寒《かん》の氷は海にかへりたし

一九九八年の句が第一句集にはおさめられていなかったので、その前年から二句を選んでみた。氷の句は、さるバーで南極の氷を使った水割りを飲んだ時に作った。ふつうの氷よりも密度が高く、溶けてゆく時にかすかな音がして、もののあわれのようなものを感じたのだった。

いたみやすきものよ春の目玉とは

『春の目玉』は、福田清人の児童小説で、小学校の図書室の棚の同じ場所にいつもあり、隣には『秋の目玉』も並んでいた。どちらの題も怖くて、だからかえって、図書室に行くと、その棚から誰も借り出していないことを必ず確認した。いつか借りようと思っていたが、果たせずに終わり、いまだに読んでいない。

1999年の一句

聖夜なりミナミトリシマ風力10

高校時代の地学の授業で、一か月間毎日ラジオの気象通報を聞いて、日々の天気図を作る、という課題が出た。各観測地の気圧、風向き、風力をメモし、そののち初心者用の天気図に書きこみ、等圧線を引く、というもので、とても面白かった。その時の作業を思いだしつつ、同時にクリスマス的なイベントへの反抗心もこめた句。あくまで天邪鬼です。

2000年の一句

ハンガーに干されて蛸や雲低き

海辺で干されているものは、ついまじまじと観察してしまう。干された蛸の頭は細く、足はあくまで長く、たいへんに美しい。ハンガーなのも、いい。初めての新聞連載小説『光ってみえるもの、あれは』の取材に、長崎の離島に行った時の光景。

2001年の一句

室《むろ》咲《ざき》や春画のをんなうれしさう

春画展を見にいった。春画には、文章もそえられていることが多く、絵の中の人たちのせりふなどが書きつけられている。まぐわっている男女の双方とも、いろいろ喋っていて、淫靡《いんび》なものもたまにあるが、たいがいのものが明るくて堂々としていて楽しそうなことに、感じ入った。

２００２年の一句

春の夜人体模型歩きさう

二十代の数年間、理科の教師をしていた。生物担当だったので、生物室の人体模型はわたしの管轄だった。内臓の位置やかたち、骨格を知るために、人体模型は分解可能となっている。高校の生物選択の最後の授業で、生徒たちと記念写真をとった。人体模型中の、好きな臓器を手に持とう！　と、誰かが言いだし、肝臓や心臓や腎臓をそれぞれが嬉しそうに持っている写真を、今も大切にとってある。

2003年の一句

風邪つのるつぎつぎ生《あ》れて記《き》紀《き》の神《かみ》

子供のころ、児童用のいろいろな神話を読むのが大好きで、ことに『北欧神話』と『日本神話』を好んだ。どちらもアニミズムの感覚に満ちていて、何かをかきまわすと国が生まれたり、突然目から子供が生まれたり、よくわからない状況でどんどん神様があらわれるのが、怖いような小気味いいような心もちだった。風邪のひき始めの時の感覚に通じるなと、ある時思いついたのだったか。

2004年の一句

ちんどん屋枯野《かれの》ゆくなり音高く

ちんどん屋を、最近見なくなったと思いつつ作った句。ちなみに、この十六年後、新型コロナによる緊急事態宣言が初めて出された二〇二〇年、家の近所を散歩していたら、突然ちんどん屋の奏でる音が聞こえてきたので、驚いた。幻聴なのかもしれなかったけれど、ほとんど人のいない公園のはずれにたたずんでいると、ちんどん屋の音は、遠ざかり、また近づき、しばらく続いたあとに、やがて聞こえなくなった。

2005年の一句

名画座へゆく落第のおとうとと

弟はいるが、これは架空の弟。ほんもののわたしの弟とは、一緒に名画座に行ったこともないし、たしか彼は落第したこともないはず。小説の中できょうだいを登場させる時は、兄弟ではなく姉妹であることが多いので、たまに弟ものを作りたかったのか。このように、第一句集に載っている句は、たいがい写生ではなく、創作。

2006年の一句

はるうれひ乳房はすこしお湯に浮く

この句は、珍しく写生。何かの文章に、乳房は水に浮く、と書いてあったのだけれど、自分のものは浮くほど豊かではない。ある時友だちと二人で温泉に行き、ゆっくりお湯につかったら、友だちの乳房がふわりとお湯に浮いた。おお、ほんとうに浮くのだ、と、感激した。

2007年の一句

つつじ咲くパンツとパジャマ専門店

写生句はあまりない、と言いながら、これも写生句。京都に仕事で行き、タクシーに乗り、外を見ていたら、「パンツとパジャマ専門店」という店があった。いい名前の店だと思い、メモし、東京に帰ってきてからも、思いだすたびに「パンツとパジャマ専門店」とつぶやいていたら、「それ、俳句だね」と言われたので、季語を足して句にしてみた。

2008年の一句

終点より歩いて十歩冬の海

これも写生句。日本海沿いを走る電車に乗っている時に見た風景。終点ではなく、途中駅だったけれど。このあたりの、写生と創作のあわいについて、俳人のかたがたは、どのように考えているのか、いつかゆっくり聞いてみたいと思う。

2009年の一句

徹《てつ》頭《とう》徹《てつ》尾《び》機嫌のいい犬さくらさう

これも写生句。写生句が少なく創作が多い、という前言を撤回しなければいけませんね。というよりも、写生句は少なく創作句は多いけれど、結局写生句のほうがいいものができる、ということかもしれない。小説家の松浦寿輝さんご夫妻のおうちに遊びに行くと、ゴールデンレトリバーのタミーが玄関に走りでてきてくれた。穏やかで、いつも機嫌のいいタミーが大好きで、作った。

2010年の一句

コンビニの光は永遠《とは》や原爆《げんばく》忌《き》

ここから、第二句集の句。平安時代、春はあけぼの、夏は夜、秋は夕暮、冬はつとめて、だったが、現代の夏は、夜のコンビニだと思っている。清少納言の時代の夜とはずいぶんさまがわりしている現代の夜、原爆というものを平安びとは想像もしなかっただろうけれど、どの時代にも、禍々しいものはあったことだろう。とはいえ、現代の禍々しいものは、たいがい人類が作りだしてしまったもの。清少納言ならば、何と表現するだろうか。

2011年の一句

かつて野原今また野原夕《ゆふ》凪《なぎ》て

東日本大震災が起こってからすぐには、震災の句を作ることはできなかった。けれど、それ以降に大半を作った第二句集の句は、つねに震災のことが心の奥にあるのだと、読みかえしてみて感じる。

2012年の一句

春の夜《よ》の鳩出《い》で終へし帽子かな

「東京マッハ」という公開句会に招いてもらった時に作った句。千野帽子さん、長嶋有さん、堀本裕樹さん、米光一成さんの四人と、おりおりのゲストでおこなう句会は、来場者も選をおこなう、とても楽しい句会啓蒙イベント。と思って、晶文社から出ている『東京マッハ』を読み返したが、自分がゲストの回の記録に、この句が載っていない。きっと、何句か作って、その中から本番に出したのだろうけれど、出した句より、この句の方がいい。自選の難しさである。

2013年の一句

たうがらし死んだともだちに会ひたい

教師をしていたころの同僚で、大好きだった友だちが癌で若くして亡くなってからも、何かがあるといつも彼女に会いたいと思ってしまう。二〇一三年は、自分も難病指定の病気だとわかり、今もその病気とはつきあい続けているのだけれど、自分の病気とは無関係に、やみくもにその友だちに会いたくなる時があり、それは不思議に、しあわせな時なのである。

2014年の一句

メロン切るときをんなの目酷《こく》薄《はく》に

メロンを切るのが下手で（スイカも同様）、いつも大小ができてしまう。気にせず食べればいいのだけれど、大きいものを自分が取るべきか小さいものを取るべきか、迷うのが、なにかさもしいような心もちをさそうのだ。他人と暮らす、ということの難しさは、メロンを切る時にあらわれるのかもしれないなあ、などと思ったりする。

２０１５年の一句

沖遠く鯨を呼びて鯨鳴く

ザトウクジラについての論文を読んでいたら、ザトウクジラが交尾する時の絵が描いてあり、二頭のザトウクジラがしっぽを下にし、縦に立った体勢でまずみつめあい、それから交尾するのだとあった。あんなに大きなクジラが二頭、水の中で縦になってみつめあうのかと、何か厳粛な気持ちになったものだった。

２０１６年の一句

春苦しければ北へと帰らうか

高橋睦郎に「蟲鳥のくるしき春を無為《なにもせず》」という句があり、大好きだ。春は豊穣な喜びの季節であるという思いこみがあるが、育つことも生むことも生まれることも、苦しい営みなのではないか、ということに、この句によって気づかされ、以来春になると口ずさむ。名句へ呼びかける思いをもって、作った。

2017年の一句

ヒトやがて示準化石や冬銀河

示準化石とは、ある地質時代に特有の化石のことで、たいがい、すでに滅びている生物の化石であるとされる。人類は今のままではやがて滅びてしまう、という嘆きではまったくなく、なぜならどんな生物種も、いつかは滅びるものだからであり、それは悲劇でもなんでもない。むしろ、化石として残ることのできる幸運、種としてわずかな時間（地球時間でいえば人類の繁栄している時間はごくごく短い）でも存在できたことの幸運をこそ、言祝《ことほ》がなければと思う。

2018年の一句

掌《て》の中の枇杷潰《つぶ》すなりはればれと

枇杷を食べる武田泰淳についての武田百合子の名エッセイがあり、高橋睦郎の句の時と同様、これも武田百合子のエッセイへの呼びかけの思いをもって作った句。

2019年の一句

スマホ買ひ即罅《ひび》入れる夜《よ》寒《さむ》かな

世の中の大半の人がスマートフォンを使うようになってからも、かたくなに「ガラケー」と呼ばれる、ガラパゴス的携帯電話を使っていたのだけれど、ある日突然スマホに機種変更した。仕事や利便性のためではなく、ドラクエウォークやりたさに変更したことも、買ってからたったの四日目に罅を入れたことも、すでに日記エッセイ『東京日記7　館内すべてお雛さま。』で告白ずみ。二〇二四年現在のスマホは二台目で、強力なフィルムを貼ってあるので、さいわいまだ罅は入っていない。

2020年の一句

若がへりたくなし桜降りつづく

若さを素晴らしいものとする考えかたについて、つねづね、疑問をもっている。若者の輝きについては、もちろんよきものだと思うし、何の文句もない。けれど、若いことが素晴らしいことばかりではないことは、すでに若くなくなった者は、誰でも知っているはず。それなのに、「いつまでも若々しく！」と言いたてるのは、一種の詐欺行為なのではないかとさえ思う。

2021年の一句

春の宵クローンなのにほくろがない

自分のクローンに、自分と同じほくろがなかったら、びっくりするかなと思ったけれど、実際にはほくろの位置やこまかなあれこれは、遺伝子だけでは決まらないものだろうから、「ほくろがない」と、クローンの元になった存在とクローンをくらべて騒ぐのは、おっちょこちょいというものだろう。でも、春の宵には、そんなおっちょこちょいも、楽しく発動されそう。

2022年の一句

紡錘形にレモンもイルカも秋深む

紡錘形のものに、惹かれる。現代の「夏」が、「夜のコンビニ」ならば、「秋」は「紡錘形」だと思う。

2023年の一句

レンジの中の小爆発も夏の果

この数年、夏が長くて、なかなか夏の終わりらしい気候になってくれないまま、暦のうえでは秋が始まる。この句を作ったのも、中秋のころだったけれど、気分はまだまだ夏で、電子レンジの中で起こる「ぼん」という音が、去らない夏のぬるい空気によく合っていた。

俳句を、始めてみませんか

最初の句集である『機嫌のいい犬』を上梓したのは、二〇一〇年だった。おさめられているのは、俳句を初めて作った一九九四年から、上梓した前年の二〇〇九年までの、十五年間の句である。

それから月日は過ぎ、気がつくと第一句集を出してから、ほぼ十五年たっている。つまり、俳句を始めてから、今年で三十年、ということになる。三十年というきりのいい時に、こうして第二句集をまとめることができたことを、とても嬉しく思う。

三十年前に俳句を始めたきっかけについては、少し前に文庫化された第一句集の巻末に置いた、長嶋有さんとの対談にくわしいが、ここにも少し書いておこうと思う。

わたしのデビュー小説である「神様」というごく短い短篇は、一九九四年に

ＡＳＡＨＩネットで第一回の選考がおこなわれた「パスカル短篇文学新人賞」に応募したものだった。そのＡＳＡＨＩネットには、「句会システム」というものがあり、それは、句会のメンバーが設定した締切までにネットに句を送信すると、シャッフルされた全部の句が無記名で表示される、というものだった。当時すでに、ＡＳＡＨＩネット上では、作家であり俳人でもある小林恭二さんが「闇汁《やみじる》句会」という句会を主宰していた。これがたいそう面白い句会で、それまでＡＳＡＨＩネットにいた文学好きの人や、パスカル賞に応募したわたしをはじめとする何人かが、「闇汁句会」によって俳句の面白さに目を開かされ、「自分たちも、しろうとだけれど、句会、やってみたいよね」ということになったのである。

「第七句会」という名の、ほぼ全員が俳句初心者というメンバーで立ち上げたそのしろうと句会は、数年にわたって和気あいあいの雰囲気のうちに続けられ、パスカル賞を受賞したあとも、小説の仕事などは一つも入ってこなかったこともあって、かなり熱心に俳句を作る月日が続いた。

発表するあてのない小説を、額にしわを寄せながら書いている日々、俳句を作るという作業は、たいそうなカタルシスを与えてくれるものだった。そもそも、俳句は、短い。小説を一つ書くのには、何十日も何百時間もかかるが、俳句は、十分ほどあれば、一句できる。たとえそれがすばらしい俳句ではなくても。

せっかくパスカル賞を受賞したので、どうにか雑誌に小説を掲載してもらいたいと思いつつ、ワードプロセッサーの前で呻吟《しんぎん》しつつ、小説を書いてみるが、この先どうなるという保証など一つもなかったあのころ（文芸誌の賞ではなかったので、担当編集者もつかなければ、新作がどこかの雑誌に掲載されるかもしれない、という可能性も、ほぼなかったのだ）、俳句を作って、誰かに向けて発表して、そして互いに感想を言い合う、というネット上での句会は、ほんとうにありがたいものだった。

ごく短いけれど、「作品」として何かを完成させる、ということは、よるべない小説家志望の人間にとっては、精神を安定させるのにじゅうぶんな機会だった。小説を完成させるのは、難しい。だから、小説を書いている途中で、「もうやめてしまおうか」と、何回もくじけそうになる。そんな時に、たとえ十七文字という短い詩であっても、俳句を一句完成させた、という達成感は、その時はわからなかったけれど、かなり大きな成功体験として、自分をささえてくれていたのである。

そもそも、小説を本格的に発表する前に、俳句という詩形に出会い、言葉で遊んだり細心に言葉を扱ったり、時にはほとんどなじみのない言葉をむりやり俳句にしてみたり、という作業は、わたしにとっては、とてもいい訓練になるものだった。第一句集のあとがきには、「句会というものを経験したおかげで、読者がいかに深く作品を読みとってくれるのか、自分でも予想しないくらい豊かなイマジネーションで読解してくれるのかがわかり、読者に対する信頼感をもつことができたのは、ほんとうに幸福なことだった」という意味のことを書いたが、小説を書いてゆくうえでのこの読者に対する信頼感に加えて、実のところ、言葉をどう扱うか、というプラクティカルな面でも、俳句にはとても助けられたのである。

その俳句を始めて、三十年になるのが、今年なのだ。それはつまり、小説デビュー三十周年とも重なっている。

なんて早いのだろうかと、驚く。若い方はご存じないかもしれないが、『二十四の瞳』という壺井栄の小説があり、瀬戸内海べりの小学校に赴任した先生と生徒たちの物語なのだが、その有名な書きだしである、「十年をひと昔というならば、この物語の発端は今からふた昔半もまえのことになる。」という年月——ふた昔半、つまり二十五年——よりもさらに長い年月が過ぎたのかと思うと、「壺井先生、『二十四の瞳』の始まる昭和三年から第二次世界大戦が終わってから少し後までの年月よりもさらに長い期間、俳句だの小説だの、作り続けてきちまいましたよ」と、なにか、謝りたいような心もちになってくる。

『二十四の瞳』の登場人物たちである瀬戸内の村の子供たちは、それぞれの家の事情をかかえ、やがて戦争が始まり、明るい息吹の物語の中にも、さまざまな陰影が描かれるが、この自分の三十年は、いったいどうだったかいな……と、しみじみするような、忸怩《じくじ》たるものがあるような、それでも、やはり三十年の間にはいろいろあったよな、とうなずくような……、まあ、人なみの感慨があることは、あるのだが、それにしても、三十年は、早かった。

三十年なので、一年につき一句、計三十句について解説してみませんか。

という提案を、句集担当の編集者のお二人が、してくれた。自分の句を解説することほど野暮なことはありませんよ、と、俳句を始めたころに、先輩から言われ、その言葉が今でも刷りこまれている身としては、内心で「うーん、照れるし、自分褒めもしてしまいそうだし」と、かなりな二の足を踏んだのだが、俳句専業ではない自分が句集を出すとなると、「ふろく」(それが「ふろく」的ないいものになってくれるかどうか不安ではあるにしろ)も必要なのだろうなあと、しぶしぶうなずいた。ところが、しぶしぶだったはずのその作業が始まり、いざ三十句を選び、一句ずつについて何かを書くだんになったら、まあ、その楽しかったこと。

もしも自分の過去の小説について、似たようなことをしてください、と言われたら、すぐに断っていたと思う。俳句も読者に読みをゆだねるものだけれど、小説はさらに読者の読みを尊重すべきものであって、作者などが何か考えているとしても、いったん作者の手を離れた後は、小説について語れるのは小説自体であり、それはつまり、小説を読んでいる読者それぞれの心なのだ、と、思っている。

俳句も、似たもの、と、ずっと思っていたからこそ、「自分の俳句について語るのは、ちょっと、アレだなあ」と感じていたのだが、いざ書き始めてみると、「いや、違ったかもしれない」と思うようになった。

これも、文庫版第一句集の長嶋有さんとの対談で出た話題なのだが、俳句は、私性《わたくしせい》が高いにもかかわらず、句会の場でその句を直されたり批評されたりしても、自我が傷つくということが、ほとんどないのだ。そのことから敷衍《ふえん》するに、自分の俳句を語ったとしても、それは自分を語ることにはならないのだ。それよりも、作った当時の景色や、まわりのできごと、連想などがどんどんあふれ出てきて、俳句そのものを語るよりも、誰かと当時の思い出ばなしをしているようなあんばいになってくる。

だから、三十年ぶんの、それぞれの年の一句を語ることができて、今はほんとうによかったと思っている。担当編集者のお二人に、心よりの感謝を送りたい。なぜなら、たとえばこの三十年ぶんの日記を書いていたとして（書いていないが)、その日記を読み返そうとは、きっとなかなか思わないだろうし、たとえ読み返したとしても、かなり暗澹《あんたん》たる気分になるような気がするのだ。ダイレクトに当時の自分のことを思いだし、連想し、反芻するのは、楽しい場合もあるだろうが、おおかたは、つらそうだ。ところが、一年につき一句の俳句のことを書いている時の、楽しい思いだしかたといったら。

そこには、創作、という行為における安らかさの真髄があるのだと思う。一つ一つの句は、けっこう記録性の高いものであり、当時の状況をそのまま句にしていることも多いのだが、それでも、十七文字におさめる、という創作性が、その状況や自分の心もちを、異化してくれている。だから、自分を振り返っているようで、自分ではない、異化された自身を、眺めかえす心地となるのである。小説も同じなのではないか、という気もするが、俳句にくらべて事実をそのまま記すことがほとんどないにもかかわらず、なぜだか小説の中のそちこちには、断固とした「自分」がいるのだ。反対に、ふと見た花を、ふと感じたことを、そのまま素直に言葉にすることも多い俳句なのに、そこには「自分」というものが、ほとんどない。

これはなぜなのだろうかと、しばらく考えたが、おそらく俳句十七文字のうしろには、その季節の木々が、虫たちが、空の雲が、日の光が、時々の生活の些事《さじ》が、どっしりとひかえてくれているからなのではないだろうか。その中の、ほんのちっぽけな自身の瞬間を切り取り、十七文字で表す。たった十七文字の中には、ほぼ自分とそのまわりの景色しかない。けれど、実はその十七文字の背後には、全世界があるのだ。だからこそ、俳句は私性が高いのに、私性におぼれないですむのではないだろうか。たった十七文字だけれど、むしろたった十七文字だからこそ、世界は広い、自分はちっちゃい、という喜びを、詠い得るのではないだろうか。

とはいえ、世界は広い、と真に詠い得る句を作るのは、難しい。作った当座は、「これはいい句だなあ」と思っていても、しばらくすると「だめじゃん」と、がっかりする。そのスパンは、小説よりもずっと短く、作ってから一か月後くらいには、たいがいの句が「だめ」箱にしまいこまれる。けれど、そのことも、とてもいいのだ。未練なく、自分の創作物を「だめ」と判断できることも、実は精神衛生上、とても大切なことだからだ。

作る喜び。判断するいさぎよさ。句会で得られる信頼。言葉と親しむ嬉しさ。

俳句には、こんないいことが、たくさんある。

もちろん、句会で選ばれなかったいまいましさ、自分の句はだいたいヘボいぜ、という悲しさ、判断し終えたと思っているくせにまだダメ句への執着を断ち切れない未練がましさ、などなど、いろいろと黒い心も湧き出すのが困りものでもあるけれど、それも含めて、生きる面白さと難儀さの両方を感じさせてくれる俳句を、みなさんも、始めてみませんか？

この作品は、書き下ろしです。

絵　正一
装幀　緒方修一

川上弘美（かわかみ・ひろみ）

1958年東京都生まれ。94年「神様」でパスカル短篇文学新人賞を受賞。96年「蛇を踏む」で芥川賞、99年『神様』でBunkamuraドゥマゴ文学賞、紫式部文学賞、2000年『溺レる』で伊藤整文学賞、女流文学賞、01年『センセイの鞄』で谷崎潤一郎賞、07年『真鶴』で芸術選奨文部科学大臣賞、15年『水声』で読売文学賞、16年『大きな鳥にさらわれないよう』で泉鏡花文学賞、23年『恋ははかない、あるいは、プールの底のステーキ』で野間文芸賞を受賞。19年紫綬褒章、23年フランス芸術文化勲章オフィシエを受章。

その他の小説に『なめらかで熱くて甘苦しくて』『ぼくの死体をよろしくたのむ』『某』『三度目の恋』など、句集に『機嫌のいい犬』がある。

王将《おうしょう》の前《まえ》で待《ま》つてて

2024年12月20日　第一刷発行

著　者　川上弘美《かわかみひろみ》
発行者　樋口尚也
発行所　株式会社集英社
〒101-8050　東京都千代田区一ツ橋2-5-10
電話　03-3230-6100（編集部）
03-3230-6080（読者係）
03-3230-6393（販売部）書店専用
印刷所　大日本印刷株式会社
製本所　株式会社ブックアート

ISBN978-4-08-775471-1　C0092